Eugène Aubert

Colloquial French drill

Antigonos

Eugène Aubert

Colloquial French drill

Réimpression inchangée de l'édition originale de 1883.

1ère édition 2024 | ISBN: 978-3-38663-166-2

Antigonos Verlag est une marque de Outlook Verlagsgesellschaft mbH.

Verlag (Éditeur): Outlook Verlag GmbH, Zeilweg 44, 60439 Frankfurt, Deutschland
Vertretungsberechtigt (Représentant autorisé): E. Roepke, Zeilweg 44, 60439 Frankfurt, Deutschland
Druck (Imprimerie): Libri Plureos GmbH, Friedensallee 273, 22763 Hamburg, Deutschland

NORMAL SERIES

COLLOQUIAL FRENCH DRILL

*EXERCICES PRÉPARATOIRES DE
CONVERSATION FRANÇAISE*

BY

E. AUBERT

PROFESSOR IN THE NORMAL COLLEGE, NEW YORK
AUTHOR OF "ECHOS ET REFLETS"

"En forgeant on devient forgeron"

NEW YORK
HENRY HOLT AND COMPANY
F. W. CHRISTERN
BOSTON: CARL SCHOENHOF

HOW TO USE THIS BOOK.

To Teachers and Students:

As this book may be found somewhat novel in aspect and arrangement, it will not be amiss to give a few directions which will enable both instructors and students to use it at once, without difficulty or loss of time, to the best possible purpose.

The first duty of the teacher is to read, in a loud and distinct tone, every word of the lesson which is to be studied, and to have every one repeated by the class collectively, and individually by a few single students. A correct articulation and pronunciation must be insisted upon.

After each word is pronounced, let any student give its correct meaning in English. If none is able to do it, the teacher will give it himself. The students may write it down or trust to their memory, but the meaning of the same word should never be given by the teacher twice. Close attention must be secured by strict individual responsibility.

The words of each lesson are numbered, the same numbers on the two columns indicating the words that should be used together in the questions and answers.

Thus, in the first exercise, No. 1. Les livres (the books) calls for No. 1. Le libraire (the bookseller), and, as shown by the model forms of practice for this exercise, we have the question : Qui a les livres ? (Who has the books ?) and the answer: Le libraire a les livres (The bookseller has the books).

When this form of questions has been exhausted, and, by being repeated twenty or twenty-five times, driven into the students' minds, the same exercise will be gone over by the means of the second form of questions and answers, namely : Qu'a le libraire ? (What has the bookseller ?) Il a les livres (He has the books). Les a-t-il ? (Has he them ?) Oui, il les a (Yes, he has them).

Then again the next form : Avez-vous les livres ? (Have you the books ?) Non, le libraire les a (No, the bookseller has them).

It is advisable, before asking the question, to give out the word which is the subject of it and have it translated. The teacher must always make sure that the students know the meaning of every word used.

After the class has been well drilled, let the words be written out, and hold the students responsible for the spelling. They are bound to learn how to spell at the same time they learn how to speak.

For further illustration let us take Exercise XVI, which treats of Essential Qualities (Qualités essentielles) : No. 1. L'écolier (The scholar). No. 1. Studieux (Studious). This gives the question and answer: Que doit être l'écolier ? (What ought the student to be ?) L'écolier doit être studieux (The student ought to be studious); and for the second drill on the same exercise: Qui est-ce qui doit être studieux? (Who is it that ought to be studious?) C'est l'écolier qui doit être studieux (It is the scholar who ought to be studious). L'est-il? (Is he so?) Il l'est (He is), or, Il ne l'est pas (He is not), and so on.

It is easy to see how these forms of drill may be multiplied or varied according to the teacher's ingenuity or the students' progress.

These directions ought to be sufficient for showing the way through the twenty-five Exercises of the First Part, and the first twenty of the Second.

For the last five of the Second Series the process is not much more complicated. As their object is to give a knowledge of some of the most familiar proverbs and idioms, the teacher must first make sure that the students understand the literal meaning of every word used in the idiom and in its definition. It is supposed that, by this time, the students have a sufficient command of words not to be out of their depth.

The teacher then will give out an idiom, say: 1. Echauffer la bile à quelqu'un, and the student will give the explanation: 1. Mettre quelqu'un en colère, and so on.

It will be well to have the students apply these idioms in examples of their own. This will be the only convincing proof that they understand well what is meant and what they are doing.

The short popular sayings, which follow, may be used,

from the very beginning, in each lesson, one or two at a time, as a little text to be recited for pronunciation, to be easily remembered, and to be spoken as a quotation whenever asked for.

Distinct articulation and correct pronunciation must always be insisted upon, and each student held to a strict account for what has been gone over.

Experience teaches that the best way to secure thorough attention and unabated interest is always first to ask the question, and then only to call up the student who is to translate and answer it.

The book has not been enlarged by a French and English vocabulary, because the teacher is expected to supply the meanings of the words when he reads them for pronunciation. This, as already intimated, is calculated to command a larger share of efficient participation in the common work than if a vocabulary were given along with the text. Besides, the students are allowed the use of a dictionary, though never during a recitation.

Of all the forms of drill in colloquial exercises which I have had occasion to test for the last twenty-five years, these are the only ones that gave unfailingly satisfactory results.

New York, *August* 1, 1883.

TABLE DES MATIÈRES.

PREMIÈRE SÉRIE

EXERCICES DE CONVERSATION.

EXERCICE I.

Objets Classiques.

1. Les livres.	1. Le libraire.
2. Le papier.	2. Le papetier.
3. Le cahier.	3. Le professeur.
4. La plume.	4. Le maître.
5. Le crayon.	5. La maîtresse.
6. Le canif.	6. L'instituteur.
7. La règle.	7. L'institutrice.
8. Le grattoir.	8. Le précepteur.
9. La gomme.	9. L'enfant.
10. L'encre.	10. Le garçon.
11. La craie.	11. La fille.
12. L'ardoise.	12. L'ecolier.
13. Le crayon d'ardoise.	13. L'élève.
14. La brosse.	14. Le monsieur.
15. L'éponge.	15. La dame.
16. La table.	16. La demoiselle.
17. La chaise.	17. Monsieur.
18. Le pupitre.	18. Madame.
19. L'encrier.	19. Mademoiselle.
20. La pendule.	20. Le président.

Formes d'Exercices.

Qui a les livres ?   Le libraire a les livres.
Qu'a le libraire ?   Il a les livres.
Les a-t-il ?   Oui, il les a.
Avez-vous les livres ?   Non, le libraire les a.

EXERCICE II.

Le Collège.

1. Au collège.	1. Le principal.
2. A l'école.	2. L'enfant.
3. En classe.	3. L'élève.
4. Dans la grande salle.	4. Le visiteur.
5. Dans la salle de classe.	5. L'inspecteur.
6. Dans la salle d'étude.	6. Le directeur.
7. Dans la salle de confé-rence.	7. Le professeur.
8. Dans la salle de gym-nastique.	8. Le docteur.
9. Dans la salle de dessin.	9. L'examinateur.
10. Dans la chambre.	10. La principale.
11. Dans le bureau.	11. La surintendante.
12. Dans le corridor.	12. La surveillante.
13. Dans l'escalier.	13. Le concierge.
14. Sur l'estrade.	14. Le président.
15. Dans le fauteuil.	15. Le monsieur.
16. Au tableau noir.	16. Le maître.
17. Au piano.	17. Le musicien.
18. A l'orgue.	18. Le chanteur.
19. Sur le canapé.	19. La maîtresse.
20. Sur le banc.	20. La dame.

Formes d'Exercices.

Où est le principal ? Le principal est au collège.
Qui est au collège ? Le principal y est.

EXERCICE III.

La Maison.

1. La maison.	1. Le mobilier.
2. La chambre.	2. La commode.
3. La porte.	3. La clef.

4. Le plancher.	4. Le tapis.
5. Le plafond.	5. Le lustre.
6. La fenêtre.	6. Le rideau.
7. La cave.	7. Le baril.
8. La cuisine.	8. Le fourneau.
9. La salle-à-manger.	9. Le buffet.
10. Le salon.	10. Le sofa.
11. La chambre-à-coucher.	11. Le lit.
12. La bibliothèque.	12. Le tableau.
13. Le grenier.	13. Le bois.
14. Le boudoir.	14. La glace.
15. La cheminée.	15. La pendule.
16. Le cabinet.	16. Le vase.
17. Le garde-manger.	17. La porcelaine.
18. L'armoire.	18. Le linge.
19. Le placard.	19. Le seau.
20. Le toit.	20. La tuile.

Formes d'Exercices.

Où est le mobilier ?   Le mobilier est dans la maison.

Qu'y a-t-il dans la maison ?   Il y a le mobilier dans la maison.

Où est la clef ?   La clef est à la porte.

Qu'y a-t-il sur la cheminée ?   Il y a la pendule sur la cheminée.

N.B.—*Bien choisir la préposition (dans, à ou sur).*

EXERCICE IV.

La Famille.

1. Le père.	1. Au bureau.
2. La mère.	2. A l'église.
3. Le fils.	3. Au collège.
4. La fille.	4. A l'école.
5. Le frère.	5. A l'hôtel.
6. La sœur.	6. Au théâtre.

7. La bonne.	7. Dans la chambre des enfants.
8. La femme de chambre.	8. Dans le corridor.
9. La cuisinière.	9. Dans la cuisine.
10. Le domestique.	10. Dans la cour.
11. Le jardinier.	11. Dans le jardin.
12. Le cocher.	12. Dans la voiture.
13. Le chien.	13. Dans le chenil.
14. Le chat.	14. Dans la grange.
15. Le cheval.	15. Dans l'écurie.
16. La vache.	16. Dans l'étable.
17. La poule.	17. Dans le poulailler.
18. Le coq.	18. Sur l'arbre.
19. Les poulets.	19. Dans la basse-cour.
20. Le serin.	20. Dans la cage.

Formes d'Exercices.

Où est le père ?   Le père est au bureau.
Qui est au bureau ?   Le père y est.
Où le père va-t-il ?   Il va au bureau.
Qui vient du bureau ?   Le père en vient.

EXERCICE V.

Parties et Tout.

1. La tête.	1. Le corps.
* 2. Le front.	2. . . . .
3. La prunelle.	3. L'œil.
4. La narine.	4. Le nez.
5. La lèvre.	5. La bouche.

* N. B.—L'omission du mot dans la seconde colonne indique l'emploi du mot déjà donné dans la première et précédant celui qui se trouve vis-à-vis de l'espace en blanc.   Ainsi la réponse à la question Qu'est-ce que le front ? donnera : Le front est une partie de la tête.   De même : Qu'est-ce que l'heure ?   C'est une partie du jour et de la nuit.

6. La racine.	6. La dent.
7. La nuque.	7. Le cou.
8. Le coude.	8. Le bras.
9. Le pouce.	9. La main.
10. L'ongle.	10. Le doigt.
11. Le genou.	11. La jambe.
12. Le talon.	12. Le pied.
13. L'année.	13. Le temps.
14. Le mois.	14. . . . . .
15. La semaine.	15. . . . .
16. Le jour et la nuit.	16. . . . .
17. L'heure.	17. . . . .
18. La minute.	18. . . . . .
19. La seconde.	19. . . . . . .

Formes d'Exercices.

Qu'est-ce que la tête ? La tête est une partie du corps. Pouvez-vous nommer une partie du corps ? Oui, je puis nommer la tête.

EXERCICE VI.

Contenant et Contenu.

1. La bouteille.	1. Du vin.
2. La carafe.	2. De l'eau.
3. La salière.	3. Du sel.
4. Le verre.	4. Du lait.
5. La tasse.	5. Du café.
6. L'assiette.	6. Des fruits.
7. La cuiller.	7. De la crème.
8. L'école.	8. Des écoliers.
9. L'encrier.	9. De l'encre.
10. Le porte-feuille.	10. Du papier.
11. La bourse.	11. De l'argent.
12. La bibliothèque.	12. Des livres.
13. Le vinaigrier.	13. Du vinaigre.

14.	L'huilier.	14.	De l'huile.
15.	La cruche.	15.	De la bière.
16.	La poche.	16.	Un mouchoir.
17.	L'étui.	17.	Des aiguilles.
18.	Le sac.	18.	Des souliers.
19.	La valise.	19.	Un vêtement.
20.	L'armoire.	20.	Du linge.
21.	La garde-robe.	21.	Des habits.
22.	Le porte-monnaie.	22.	De l'or.
23.	L'enveloppe.	23.	Une lettre.
24.	Le pupitre.	24.	Des cahiers.
25.	Le tiroir.	25.	Des papiers d'examen.

Formes d'Exercices.

Qu'y a-t-il dans la bouteille ? Il y a du vin dans la bouteille.

Qu'est devenu le vin ? Il est, je crois, dans la bouteille.

EXERCICE VII.

Contenant et Contenu.

1.	La cage.	1.	Un oiseau.
2.	Le poulailler.	2.	Des poules.
3.	L'étang.	3.	Des poissons.
4.	La forêt.	4.	Des arbres.
5.	L'étable.	5.	Des bestiaux.
6.	Le chenil.	6.	Un chien.
7.	Le nid.	7.	De petits oiseaux.
8.	La ruche.	8.	Des abeilles.
9.	Le colombier.	9.	Des pigeons.
10.	Le parc.	10.	Des moutons.
11.	La remise.	11.	Des voitures.
12.	Le fenil.	12.	Du foin.
13.	Le puits.	13.	De l'eau fraîche.
14.	La poudrière	14.	De la poudre.
15.	La caserne.	15.	Des soldats.

16. L'hôpital.	16. Des malades.
17. La prison.	17. Des détenus.
18. Le vaisseau.	18. Des cabines.
19. L'église.	19. Un autel.
20. Le cimetière.	20. Des tombeaux.
21. Le berceau.	21. Un petit enfant.
22. L'atelier.	22. Des ouvriers.
23. Le garde-manger.	23. Des provisions.
24. Le salon.	24. Un piano.
25. Le boudoir.	25. Une table de toilette.

Formes d'Exercices.

Que contient la cage ?   La cage contient un oiseau.
Ne voyez-vous pas un oiseau ?   Si, il est dans la cage.
—Si, j'en vois un dans la cage.

EXERCICE VIII.

Métiers et Produits.

1. La couturière.	1. Des robes.
2. Le tailleur.	2. Des redingotes.
3. Le cordonnier.	3. Des souliers.
4. Le menuisier.	4. Des tables.
5. Le charpentier.	5. Des escaliers.
6. Le maçon.	6. Des murs.
7. Le boulanger.	7. Du pain.
8. Le pâtissier.	8. Des pâtés.
9. Le chapelier.	9. Des chapeaux.
10. Le serrurier.	10. Des serrures.
11. Le mécanicien.	11. Des machines.
12. Le maréchal.	12. Des fers-à-cheval.
13. Le coiffeur.	13. Des perruques.
14. L'horloger.	14. Des horloges.
15. L'orfèvre.	15. Des bracelets.
16. Le sculpteur.	16. Des statues.
17. Le photographe.	17. Des photographies.

18. La modiste.	18. Des chapeaux de dames.
19. La cuisinière.	19. Des soupes.
20. Le confiseur.	20. Des bonbons.
21. Le coutelier.	21. Des couteaux.
22. L'armurier.	22. Des fusils.
23. Le tisserand.	23. Des draps.
24. Le charcutier.	24. Des saucisses.
25. Le luthier.	25. Des instruments de musique.

Formes d'Exercices.

Que fait la couturière ?   La couturière fait des robes.
Qui est-ce qui fait des robes ?   C'est la couturière qui en fait.

EXERCICE IX.

Substances et Produits.

1. Le chapeau.	1. De feutre.
2. Le parapluie.	2. De soie.
3. Le bas.	3. De coton.
4. Le bouton.	4. De nacre.
5. La chaîne.	5. D'or.
6. Le gant.	6. De peau.
7. La boule.	7. D'ivoire.
8. La cuiller.	8. D'argent.
9. Le couteau.	9. D'acier.
10. Le rideau.	10. De mousseline.
11. Le panier.	11. D'osier.
12. Le pantalon.	12. De drap.
13. Le manche de couteau.	13. D'écaille.
14. Le mouchoir.	14. De batiste.
15. La maison.	15. De moëllons.
16. La malle.	16. De cuir.
17. L'assiette.	17. De faïence.
18. La porte.	18. De bois.
19. Le mur.	19. De briques.

20.	La canne.	20.	De jonc.
21.	Le vase.	21.	De porcelaine.
22.	La bottine.	22.	De toile.
23.	Le marteau.	23.	De fer.
24.	Le chandelier.	24.	De cuivre.
25.	La couverture de livre.	25.	De carton.

Formes d'Exercices.

De quoi le chapeau est-il fait ?   Le chapeau est fait de feutre.

A quoi le feutre est-il employé?   Le feutre est employé à faire des chapeaux.

EXERCICE X.

Produits et Agents Producteurs.

1.	L'œuf.	1.	De la poule.
2.	Le lait.	2.	De la vache.
3.	La laine.	3.	Du mouton.
4.	La soie.	4.	Du ver-à-soie.
5.	Le crin.	5.	Du cheval.
6.	La cire.	6.	De l'abeille.
7.	L'ivoire.	7.	De l'éléphant.
8.	La plume.	8.	De l'oiseau.
9.	Le vin.	9.	Du raisin.
10.	La bière.	10.	Du houblon.
11.	Le cidre.	11.	Des pommes.
12.	Le gaz.	12.	De la houille.
13.	La fumée.	13.	Du feu.
14.	La cendre.	14.	Du bois.
15.	Le sucre.	15.	De la canne à sucre.
16.	Le beurre.	16.	De la crème.
17.	La crème.	17.	Du lait.
18.	Le papier.	18.	Des chiffons.
19.	La vapeur.	19.	De l'eau.
20.	La rosée.	20.	De la vapeur d'eau.

21. La pluie.	21. De la nuée.
22. La lumière.	22. Du soleil.
23. Le cuir.	23. Des bestiaux.
24. Le lard.	24. Du porc.
25. La rouille.	25. Du fer.

Formes d'Exercices.

D'où vient l'œuf ?   L'œuf vient de la poule.
Que donne la poule ?   La poule donne l'œuf.
A quoi l'œuf peut-il faire penser ?   L'œuf peut faire penser à la poule.

EXERCICE XI.

Métiers et Articles de Commerce.

1. Le boucher.	1. De la viande.
2. Le boulanger.	2. Du pain.
3. Le jardinier.	3. Des fruits.
4. Le chapelier.	4. Des chapeaux.
5. Le cordonnier.	5. Des souliers.
6. Le tailleur.	6. Des habits.
7. Le libraire.	7. Des livres.
8. Le fermier.	8. Des légumes.
9. Le pharmacien.	9. Des drogues.
10. Le sellier.	10. Des selles.
11. L'épicier.	11. Des épices.
12. Le peintre.	12. Des tableaux.
13. Le meunier.	13. De la farine.
14. Le fleuriste.	14. Des fleurs.
15. Le sculpteur.	15. Des statues.
16. L'ébéniste.	16. Des meubles.
17. L'horloger.	17. Des montres.
18. Le potier.	18. Des vases.
19. Le charcutier.	19. Du saucisson.
20. Le quincaillier.	20. Des casseroles.
21. L'orfèvre.	21. Des bijoux.

22. Le papetier.	22. Des cartes de visite.
23. Le serrurier.	23. Des clefs.
24. Le ferblantier.	24. Une cafetière.
25. Le marchand de nouveautés.	25. Des foulards.

Formes d'Exercices.

Que vend le boucher? Le boucher vend de la viande.
Qui est-ce qui vend de la viande? Le boucher en vend.
Où trouve-t-on de la viande? On en trouve chez le boucher.

EXERCICE XII.

Les Contraires.

1. Utile.	1. Nuisible.
2. Masculin.	2. Féminin.
3. Bon.	3. Méchant.
4. Beau.	4. Laid.
5. Agréable.	5. Désagréable.
6. Léger.	6. Lourd.
7. Heureux.	7. Malheureux.
8. Jeune.	8. Vieux.
9. Vrai.	9. Faux.
10. Fort.	10. Faible.
11. Libre.	11. Captif.
12. Nouveau.	12. Ancien.
13. Calme.	13. Agité.
14. Sûr.	14. Douteux.
15. Long.	15. Court.
16. Honnête.	16. Malhonnête.
17. Soigneux.	17. Négligent.
18. Gai.	18. Triste.
19. Tranquille.	19. Inquiet.
20. Facile.	20. Difficile.
21. Doux.	21. Amer.
22. Humble.	22. Orgueilleux.

23. Pareil.	23. Différent.
24. Clair.	24. Obscur.
25. Vivant.	25. Mort.

Formes d'Exercices.

Quel est le contraire d'utile ?   Le contraire d'utile est nuisible, et vice versâ.

EXERCICE XIII.

Les Contraires.

1. Le commencement.	1. La fin.
2. La chaleur.	2. Le froid.
3. Le jour.	3. La nuit.
4. Le travail.	4. La paresse.
5. L'indulgence.	5. La sévérité.
6. Le bruit.	6. Le silence.
7. Le profit.	7. La perte.
8. La gloire.	8. La honte.
9. La vérité.	9. Le mensonge.
10. La richesse.	10. La pauvreté.
11. La vitesse.	11. La lenteur.
12. L'ami.	12. L'ennemi.
13. L'amour.	13. La haine.
14. La joie.	14. La tristesse.
15. La vertu.	15. Le vice.
16. Le courage.	16. La lâcheté.
17. Le plaisir.	17. La douleur.
18. La louange.	18. Le blâme.
19. La guerre.	19. La paix.
20. La confiance.	20. La défiance.
21. L'espérance.	21. Le désespoir.
22. La victoire.	22. La défaite.
23. Le bonheur.	23. Le malheur.
24. La santé.	24. La maladie.
25. La vie.	25. La mort.

Formes d'Exercices.

Quel est le contraire de : "le commencement"? Le contraire de "le commencement" est la fin, et vice versâ.

EXERCICE XIV.

Les Contraires.

1. Trouver.	1. Perdre.
2. Aimer.	2. Haïr.
3. Récompenser.	3. Punir.
4. Ouvrir.	4. Fermer.
5. Commander.	5. Obéir.
6. Parler.	6. Se taire.
7. Respecter.	7. Mépriser.
8. Monter.	8. Descendre.
9. Arriver.	9. Partir.
10. Commencer.	10. Finir.
11. Acheter.	11. Vendre.
12. Donner.	12. Prendre.
13. Savoir.	13. Ignorer.
14. Rire.	14. Pleurer.
15. Affirmer.	15. Nier.
16. Se coucher.	16. Se lever.
17. Avancer.	17. Reculer.
18. Fortifier.	18. Affaiblir.
19. Accepter.	19. Refuser.
20. Amuser.	20. Ennuyer.
21. Entrer.	21. Sortir.
22. Travailler.	22. Se reposer.
23. Permettre.	23. Défendre.
24. S'éveiller.	24. S'endormir.
25. Naître.	25. Mourir.

Formes d'Exercices.

Quel est le contraire de trouver ? Le contraire de trouver est perdre, et vice versâ.

EXERCICE XV.

Qualités et Propriétés.

1. Le maître.	1. Sévère.
2. L'écolier.	2. Laborieux.
3. Le soldat.	3. Courageux.
4. L'enfant.	4. Espiègle.
5. Le médecin.	5. Habile.
6. L'avocat.	6. Eloquent.
7. Le malade.	7. Impatient.
8. Le prêtre.	8. Pieux.
9. Le marchand.	9. Honnête.
10. Le chien.	10. Vigilant.
11. Le chat.	11. Faux.
12. Le cheval.	12. Fort.
13. Le bœuf.	13. Patient.
14. Le travail.	14. Utile.
15. Le miel.	15. Doux.
16. Le citron.	16. Aigre.
17. Le fiel.	17. Amer.
18. Le verre.	18. Transparent.
19. Le sang.	19. Rouge.
20. L'or.	20. Jaune.
21. Le fer.	21. Gris.
22. La craie.	22. Blanche.
23. L'herbe.	23. Verte.
24. Le ciel.	24. Bleu.
25. Le charbon.	25. Noir.

Formes d'Exercices.

Comment le maître est-il ?   Le maître est sévère.
Qui est-ce qui est sévère ?   Le maître l'est.
Qu'est-ce qui est utile ?   Le travail l'est.
Que dites-vous du maître ?   Je dis que le maître est sévère.

EXERCICE XVI.

Qualités Essentielles.

1. L'écolier.	1. Studieux.
2. Le maître.	2. Instruit.
3. Le juge.	3. Intègre.
4. Le père.	4. Prévoyant.
5. Le fils.	5. Docile.
6. Le soldat.	6. Brave.
7. L'ami.	7. Sincère.
8. Le commerçant.	8. Probe.
9. Le domestique.	9. Fidèle.
10. Le riche.	10. Bienfaisant.
11. Le médecin.	11. Expérimenté.
12. Le malade.	12. Patient.
13. Le jeune homme.	13. Modeste.
14. La sentinelle.	14. Attentive.
15. Le couteau.	15. Tranchant.
16. L'encre.	16. Noire.
17. Le cahier.	17. Propre.
18. Le dictionnaire.	18. Exact.
19. Le langage.	19. Correct.
20. Le style.	20. Convenable.
21. L'écriture.	21. Lisible.
22. La loi.	22. Juste.
23. L'air.	23. Pur.
24. Le temps.	24. Bien employé.
25. La vie.	25. Utile.

Formes d'Exercices.

Que doit être l'écolier ?   L'écolier doit être studieux.

Qui est-ce qui doit être studieux ?   L'écolier doit être studieux, ou, c'est l'écolier qui doit l'être.

L'est-il ?   Il l'est, ou, il ne l'est pas.

Qu'est-ce qui doit être tranchant ?   Le couteau doit être tranchant.

EXERCICE XVII.

Mâles, Femelles et Petits.

1. Le chien.	1. La chienne.	1. Le petit chien.
2. Le chat.	2. La chatte.	2. Le chaton.
3. Le cheval.	3. La jument.	3. Le poulain.
4. Le taureau.	4. La vache.	4. Le veau.
5. Le coq.	5. La poule.	5. Le poussin.
6. Le canard.	6. La cane.	6. Le caneton.
7. Le dindon.	7. La dinde.	7. Le dindonneau.
8. Le paon.	8. La paonne.	8. Le paonneau.
9. Le bouc.	9. La chèvre.	9. Le chevreau.
10. Le bélier.	10. La brebis.	10. L'agneau.
11. L'âne.	11. L'ânesse.	11. L'ânon.
12. Le cerf.	12. La biche.	12. Le faon.
13. Le loup.	13. La louve.	13. Le louveteau.
14. L'ours.	14. L'ourse.	14. L'ourson.
15. Le lion.	15. La lionne.	15. Le lionceau.

Formes d'Exercices.

Quelle est la femelle du chien ? La femelle du chien est la chienne. Et leur petit ? Leur petit est le petit chien.

EXERCICE XVIII.

Arbres et Fruits.

1. Le pêcher.	1. La pêche.
2. Le poirier.	2. La poire.
3. Le pommier.	3. La pomme.
4. Le cerisier.	4. La cerise.
5. Le noyer.	5. La noix.
6. Le figuier.	6. La figue.
7. Le dattier.	7. La datte.
8. Le mûrier.	8. La mûre.
9. Le prunier.	9. La prune.

10. Le fraisier.	10. La fraise.
11. Le groseillier.	11. La groseille.
12. Le framboisier.	12. La framboise.
13. L'amandier.	13. L'amande.
14. La vigne.	14. Le raisin.
15. Le châtaignier.	15. La châtaigne.
16. Le marronnier.	16. Le marron.
17. Le cognassier.	17. Le coing.
18. L'oranger.	18. L'orange.
19. Le citronnier.	19. Le citron.
20. L'olivier.	20. L'olive.
21. L'abricotier.	21. L'abricot.
22. Le noisetier.	22. La noisette.
23. Le cotonnier.	23. Le coton.
24. Le caféier.	24. Le café.
25. Le chêne.	25. Le gland.

Formes d'Exercices.

Quel est le fruit du pêcher ? Le fruit du pêcher c'est
.a pêche.

Sur quel arbre vient la pêche ? La pêche vient sur le
pêcher.

EXERCICE XIX.

Objets et Substances.

1. Les souliers.	1. De cuir.
2. Les habits.	2. De drap.
3. Les chaussettes.	3. De coton, de soie ou de laine.
4. Les cravates.	4. De soie ou de satin.
5. Les chapeaux.	5. De feutre.
6. Les gants.	6. De chevreau.
7. Les manchettes.	7. De toile.
8. Le pain bis.	8. De seigle.
9. Le pain blanc.	9. De froment.

10. Le cidre.	10. De pommes.
11. La bière.	11. De houblon.
12. L'omelette.	12. D'œufs.
13. Les aiguilles.	13. D'acier.
14. Les bouquets.	14. De fleurs.
15. La serrure.	15. De fer.
16. La porte.	16. De bois.
17. La vitre.	17. De verre.
18. Le plancher.	18. De planches.
19. Le plafond.	19. De plâtre.
20. La statue.	20. De marbre.
21. Le piédestal.	21. De pierre.
22. Le mur.	22. De briques.
23. L'assiette.	23. De porcelaine.
24. La carafe.	24. De cristal.
25. La cuiller.	25. D'argent.

Formes d'Exercices.

De quoi les souliers sont-ils faits ? Les souliers sont faits de cuir.

Que peut-on faire avec le cuir ? Avec le cuir on peut faire des souliers.

EXERCICE XX.

Fabricants et Produits.

1. La modiste.	1. Les chapeaux de dame.
2. La couturière.	2. Les robes et les manteaux
3. Le gantier.	3. Les gants.
4. La lingère.	4. Les cols et les manchettes.
5. Le cordonnier.	5. Les bottines et les pantoufles.
6. Le parfumeur.	6. Les pommades et les essences.
7. Le confiseur.	7. Les bonbons.
8. Le boulanger.	8. Les pains au lait.
9. Le pâtissier.	9. Les pâtés et les petits fours.
10. L'orfèvre.	10. Les bagues et les bracelets.

11. La fleuriste.
12. Le passementier.
13. Le potier.
14. Les écrivains.
15. Les journalistes.
16. Le ferblantier.

11. Les fleurs artificielles.
12. Les boutons de soie.
13. Les pots-à-fleurs.
14. Les livres.
15. Les journaux.
16. Les chandeliers et les baignoires.

17. Le sellier.
18. Le serrurier.
19. Le lampiste.
20. L'ébéniste.
21. Le menuisier.
22. Le carrossier.
23. Le charpentier.
24. Le tailleur.
25. Le maçon.

17. Les valises.
18. Les verrous et les cadenas.
19. Les lampes.
20. Les commodes.
21. Les bancs et les pupitres.
22. Les voitures.
23. La charpente des batiments.
24. Les paletots.
25. Les murs et les cheminées.

Formes d'Exercices.

Qui fait les chapeaux de dame ? La modiste fait les chapeaux de dame.

Que fait la modiste ? Elle fait les chapeaux de dame.

EXERCICE XXI.

Noms de Lieux et ce qu'on y fait.

1. A l'école.
2. A l'église.
3. Chez le marchand.
4. Au concert.
5. Au théâtre.
6. Au bal.
7. Au parc.
8. Au restaurant.
9. A la gare.

10. Dans le wagon.

1. On s'instruit.
2. On prie.
3. On vend et l'on achète.
4. On chante.
5. On joue la comédie.
6. On danse.
7. On se promène.
8. On mange et l'on boit.
9. On prend des billets de chemin de fer.

10. On occupe un siège.

11. Au tribunal.	11. On plaide et l'on juge.
12. En prison.	12. On punit et l'on réforme.
13. A l'hôpital.	13. On soigne les malades.
14. Au cimetière.	14. On enterre les morts.
15. A la banque.	15. On paie et l'on reçoit de l'argent.
16. Au musée.	16. On voit des œuvres d'art.
17. Dans les champs.	17. On sème et l'on récolte.
18. Dans les rues.	18. On va et l'on vient.
19. Dans la maison.	19. On s'occupe ou l'on se repose.
20. Dans la salle-à-manger.	20. On déjeune et l'on dine.
21. Dans le salon.	21. On reçoit ses amis.
22. Dans la chambre à coucher.	22. On se retire et l'on dort.
23. Dans la bibliothèque.	23. On lit et l'on écrit.
24. Au bureau.	24. On fait des affaires.
25. A la poste.	25. On expédie des lettres.

⁛ Formes d'Exercices.

Que fait-on à l'école?   A l'école on s'instruit.

Où est-ce qu'on s'instruit?   C'est à l'école qu'on s'instruit.

EXERCICE XXII.

Noms de Lieux et ce qu'on y voit.

1. Au ciel.	1. Des étoiles.
2. Dans l'air.	2. Des nuages.
3. Sur la mer.	3. Des voiles.
4. Dans le bois.	4. Des arbres et des arbrisseaux.
5. Dans les champs.	5. Des plantes de toute espèce.
6. Dans la ville.	6. Des maisons et des églises.

7.	Dans les rues.	7.	Des gens qui vont et viennent.
8.	Dans les salons.	8.	De beaux meubles et des objets d'art.
9.	Dans les serres.	9.	Des fleurs rares.
10.	Dans les volières.	10.	Des oiseaux chanteurs.
11.	Dans la basse-cour.	11.	Des poules et des canards.
12.	Dans l'étable.	12.	Des bœufs et des vaches.
13.	Dans l'écurie.	13.	Des chevaux et des poulains.
14.	Dans les magasins.	14.	Toutes sortes de choses à vendre.
15.	Dans les églises.	15.	Des autels et des livres de prière.
16.	Dans les prisons.	16.	Des détenus et des geôliers.
17.	Dans les salles de classe.	17.	Des pupitres et des tableaux noirs.
18.	Dans le parc.	18.	Des promeneurs et des voitures.
19.	Dans le musée.	19.	Des tableaux et des statues.
20.	Dans la bibliothèque.	20.	Des livres et des gravures.
21.	Dans la salle-à-manger.	21.	Une table et un buffet.
22.	Dans la chambre-à-coucher.	22.	Un lit et une armoire.
23.	Dans le verger.	23.	Des arbres fruitiers.
24.	Dans la prairie.	24.	De l'herbe et des fleurs.
25.	Dans le cimetière.	25.	Des tombeaux et des croix.

Formes d'Exercices.

Que voit-on au ciel ?   Au ciel on voit des étoiles.
Où voit-on des étoiles ?   On voit des étoiles au ciel.
En voyez-vous ?   Non, je n'en vois pas.

EXERCICE XXIII.

Le Concret et l'Abstrait.

1. L'homme patient.	1. La patience.
2. L'homme bienfaisant.	2. La bienfaisance.
3. L'homme loyal.	3. La loyauté.
4. L'homme sobre.	4. La sobriété.
5. L'homme prudent.	5. La prudence.
6. L'homme reconnaissant.	6. La reconnaissance.
7. L'homme modeste.	7. La modestie.
8. L'homme industrieux.	8. L'amour du travail.
9. L'homme tempérant.	9. La tempérance.
10. L'homme juste.	10. La justice.
11. L'homme pieux.	11. La piété.
12. L'homme sincère.	12. La sincérité.
13. L'homme poli.	13. La politesse.
14. L'homme avare.	14. L'avarice.
15. L'homme faux.	15. La fausseté.
16. L'homme paresseux.	16. La paresse.
17. L'homme médisant.	17. La médisance.
18. L'homme gourmand.	18. La gourmandise.
19. L'homme ingrat.	19. L'ingratitude.
20. L'homme jaloux.	20. La jalousie.
21. L'homme grossier.	21. La grossièreté.
22. L'homme malhonnête.	22. La malhonnêteté.
23. L'homme hypocrite.	23. L'hypocrisie.
24. L'homme menteur.	24. Le mensonge.
25. L'homme cruel.	25. La cruauté.

Formes d'Exercices.

Quelle vertu possède l'homme patient ? La vertu que possède l'homme patient c'est la patience.

Quel est le vice de l'homme avare ? L'avarice est le vice de l'homme avare.

EXERCICE XXIV.

Noms Expliqués.

1.	Le printemps.	1.	Une saison agréable.
2.	L'hiver.	2.	Une saison froide.
3.	La rose.	3.	Une fleur odorante.
4.	La glace.	4.	De l'eau congelée.
5.	L'abeille.	5.	Un insecte ailé.
6.	Le chien.	6.	Un animal domestique.
7.	Le loup.	7.	Une bête sauvage.
8.	Le serin.	8.	Un oiseau chanteur.
9.	La pomme de terre.	9.	Une plante utile.
10.	L'or.	10.	Un métal précieux.
11.	New-York.	11.	Une ville commerçante.
12.	Paris.	12.	Une ville gaie.
13.	Le Hudson.	13.	Un fleuve navigable.
14.	Napoléon.	14.	Un soldat ambitieux.
15.	Washington.	15.	Un grand patriote.
16.	Prescott.	16.	Un historien américain.
17.	Shakspere.	17.	Un poète dramatique.
18.	Voltaire.	18.	Un écrivain spirituel.
19.	Burke.	19.	Un grand orateur.
20.	Socrate.	20.	Un philosophe grec.
21.	Isaïe.	21.	Un prophète hébreu.
22.	Le Barbier de Séville.	22.	Une amusante comédie.
23.	Le Télémaque.	23.	Une histoire intéressante.
24.	La Bible.	24.	Un livre inspiré.
25.	Le quatre juillet.	25.	Une fête nationale.

Formes d'Exercices.

Qu'est-ce que le printemps ? Le printemps est une saison agréable.

Nommez moi une saison agréable. Le printemps est une saison agréable.

EXERCICE XXV.

Comparatif.

SUPÉRIORITÉ.

1.	La ville—le village.	1.	Grande.
2.	Le palais—la maison.	2.	Somptueux.
3.	Le vieillard—le jeune homme.	3.	Prudent.
4.	Le garçon—la fille.	4.	Fort.
5.	Le cheval—l'âne.	5.	Vigoureux.
6.	Le dictionnaire—la grammaire.	6.	Volumineux.
7.	La lune—le soleil.	7.	Petit.
8.	Le mois de février—le mois de mars.	8.	Court.
9.	Les Français—les Anglais.	9.	Vifs.
10.	Le Missouri—la Delaware.	10.	Important.
11.	La Californie—le Maine.	11.	Fertile.
12.	New-York—Boston.	12.	Peuplé.
13.	Les Etats-Unis—le Mexique.	13.	Vastes.

INFÉRIORITÉ.

14.	Les cheveux d'homme—les cheveux de femme.	14.	Longs.
15.	Le bois de pin—le bois de chêne.	15.	Dur.
16.	Le coton—la toile.	16.	Frais.
17.	Le fer—le cuivre.	17.	Brillant.
18.	La montre en argent—la montre en or.	18.	Cher.
19.	Le fruit—la feuille.	19.	Léger.
20.	La colline—la montagne.	20.	Haute.
21.	L'air des plaines—l'air des montagnes.	21.	Pur.
2.	Le latin—le grec.	22.	Difficile.
23.	L'anglais—l'italien.	23.	Doux.
24.	Les souliers—les bottes.	24.	Lourds.
25.	L'Allemagne—la France.	25.	Riche.

Formes d'Exercices.

Comparez la ville et le village. La ville est plus grande que le village.

Faites une comparaison de supériorité avec grand.

Comparez les cheveux d'homme et les cheveux de femme. Les cheveux d'homme ne sont pas aussi longs que les cheveux de femme.

Faites une comparaison d'infériorité avec long.

SECONDE SÉRIE

EXERCICE I.

Noms d'Objets divers.

NOMMEZ :

1. Cinq métaux.
2. Cinq meubles.
3. Cinq outils.
4. Cinq effets d'habillement.
5. Cinq étoffes.
6. Cinq liquides.
7. Cinq vases.
8. Cinq ustensiles de cuisine.
9. Cinq pièces de lingerie.
10. Cinq aliments.

1. L'or, l'argent, le fer, le cuivre, le plomb.
2. La table, la commode, le buffet, le canapé, la chaise.
3. Le marteau, la lime, le ciseau, la scie, la hache.
4. La redingote, le gilet, le manteau, la robe, le châle.
5. Le satin, la soie, le velours, le drap, le calicot.
6. L'eau, le lait, le vin, l'huile, le vinaigre.
7. La bouteille, la carafe, la cruche, la théière, la tasse.
8. La casserole, la marmite, la poêle, l'écumoire, la bouilloire.
9. La nappe, la serviette, le drap de lit, l'essuie-mains, le mouchoir.
10. La soupe, le rôti, l'omelette, le jambon, la salade.

N.B.—*Les élèves pourront ensuite s'exercer à faire de petites phrases à l'aide de ces mots.*

EXERCICE II.

Noms d'Objets divers.

NOMMEZ :

1. Cinq professions.
2. Cinq peuples.
3. Cinq villes.
6. Cinq métiers de femme.
7. Cinq artistes.
8. Cinq fonctionnaires.

4. Cinq fleuves.   9. Cinq prénoms d'homme.
5. Cinq métiers.   10. Cinq prénoms de femme.

1. L'instituteur, le médecin, l'avocat, le marchand, l'architecte.

2. Les Américains, les Anglais, les Français, les Allemands, les Italiens.

3. New-York, Londres, Paris, Berlin, Rome.

4. Le St.-Laurent, le Mississipi, la Seine, la Tamise, le Rhin.

5. Le tailleur, le cordonnier, le charpentier, le boucher, le boulanger.

6. La cuisinière, la couturière, la blanchisseuse, la modiste, la fleuriste.

7. Le peintre, le musicien, le sculpteur, le graveur, le chanteur.

8. Le gouverneur, le maire, le juge, le receveur, l'inspecteur des écoles.

9. Henri, Charles, Edouard, Louis, Frédéric.

10. Marie, Louise, Emma, Julie, Caroline.

EXERCICE III.

Noms d'Objets divers.

NOMMEZ :

1. Cinq oiseaux.   6. Cinq fruits.
2. Cinq poissons.   7. Cinq arbres.
3. Cinq quadrupèdes.   8. Cinq sens.
4. Cinq plantes.   9. Cinq vertus.
5. Cinq fleurs.   10. Cinq vices.

1. Le serin, l'hirondelle, le moineau, la poule, le pigeon.

2. La morue, le maquereau, la truite, le saumon, le hareng.

3. Le cheval, le chien, le chat, la vache, le mouton.

4. La pomme de terre, la tomate, le tabac, le riz, le sarrasin.

5. La rose, le lis, la violette, le réséda, le muguet.

6. La pomme, la poire, la cerise, le raisin, l'orange.

7. Le chêne, le pin, le sapin, le noyer, l'érable.

8. La vue, l'ouïe, le goût, l'odorat, le toucher.

9. La foi, l'espérance, la charité, l'humilité, la chasteté.

10. La haine, l'orgueil, l'envie, l'avarice, la colère.

EXERCICE IV.

Qualités Avantageuses.

1. Le père.	1. Prévoyant.
2. L'enfant.	2. Obéissant.
3. L'ami.	3. Sincère.
4. Le commerçant.	4. Probe.
5. Le juge.	5. Intègre.
6. Le général.	6. Habile.
7. Le soldat.	7. Courageux.
8. Le domestique.	8. Fidèle.
9. L'écolier.	9. Studieux.
10. Le chirurgien.	10. Adroit.
11. Le malade.	11. Patient.
12. Le jeune homme.	12. Modeste.
13. Le porte-faix.	13. Fort.
14. La cuisinière.	14. Soigneuse.
15. La sentinelle.	15. Attentive.
16. Le chien de garde.	16. Vigilant.
17. L'encre.	17. Noire.
18. La règle.	18. Droite.
19. L'écriture.	19. Régulière.
20. La signature.	20. Lisible.
21. La conversation.	21. Décente.
22. La chambre.	22. Claire.
23. Le mur.	23. Solide.
24. La nourriture.	24. Saine.
25. La balance.	25. Juste.

Formes d'Exercices.

Qu'est-ce que le père doit être ? Le père doit être prévoyant.

Qui doit être prévoyant ? Le père doit être prévoyant et —— (L'élève ajoutera un autre adjectif qui convienne.)

EXERCICE V.

Défauts Nuisibles.

1. L'ouvrier.	1. Fainéant.
2. Le soldat.	2. Lâche.
3. Le domestique.	3. Négligent.
4. Le malade.	4. Impatient.
5. L'ami.	5. Faux.
6. L'enfant.	6. Désobéissant.
7. Le médecin.	7. Inexpérimenté
8. Le marchand.	8. Malhonnête.
9. Le juge.	9. Partial.
10. Le professeur.	10. Ignorant.
11. Le cocher.	11. Imprudent.
12. La jeunesse.	12. Présomptueuse.
13. La vieillesse.	13. Grondeuse.
14. L'eau à boire.	14. Trouble.
15. La conversation.	15. Ennuyeuse.
16. L'écriture.	16. Irrégulière.
17. Le soulier.	17. Trop étroit.
18. Le logement.	18. Insalubre.
19. L'air.	19. Impur.
20. Le langage.	20. Grossier.
21. Les arbres.	21. Stériles.
22. Les guerres.	22. Injustes.
23. Les savants.	23. Pédants.
24. Les écoliers.	24. Paresseux.
25. Les riches.	25. Hautains.

Formes d'Exercices.

Qu'est-ce que l'ouvrier ne doit pas être ?   L'ouvrier ne doit pas être fainéant.

Qui est-ce qui ne doit pas être fainéant ?   L'ouvrier ne doit être ni fainéant ni ——.

Qu'est-ce qui ne doit pas être trouble ?   L'eau à boire ne doit être ni trouble ni ——.

(L'élève ajoutera un autre qualificatif qui convienne.)

EXERCICE VI.

Règles de Conduite (Forme affirmative).

1. Observer.	1. Les commandements de Dieu.
2. Aimer.	2. Le prochain comme soi-même.
3. Restituer.	3. Le bien d'autrui.
4. Faire.	4. Le plus de bien possible.
5. Eviter	5. Le mal.
6. Tenir.	6. Ses promesses.
7. Fuir.	7. La mauvaise compagnie.
8. Reconnaître.	8. Ses torts.
9. Payer.	9. Ses dettes.
10. Respecter.	10. Les personnes âgées.
11. Écrire.	11. Lisiblement.
12. Lire.	12. De bons livres.
13. Dire.	13. La vérité.
14. Honorer.	14. Son père et sa mère.
15. Suivre.	15. Les bons exemples.
16. Remercier.	16. Les personnes obligeantes.
17. Se dévouer.	17. Pour la patrie.
18. Profiter.	18. Des moyens de s'instruire.
19. Chercher.	19. L'occasion d'être utile.
20. Écouter.	20. Les avis des gens expérimentés.
21. Préférer.	21. L'honneur à l'intérêt.
22. S'abstenir.	22. Des plaisirs défendus.
23. Combattre.	23. Les mauvais penchants.

24. Résister.   24. Aux tentations.
25. Choisir.   25. Avec soin ses amis.

Formes d'Exercices.

Complétez "il faut observer . . . ."

Outre le texte donné les élèves pourrant trouver d'autres compléments aux verbes.

EXERCICE VII.

Règles de Conduite (Forme négative).

1. Venir.	1. Trop tard en classe.
2. Manger.	2. Avec gourmandise.
3. Repousser.	3. Les pauvres.
4. Répondre.	4. Brusquement.
5. Vivre.	5. Sans prévoyance.
6. Maltraiter.	6. Les animaux.
7. Se réjouir.	7. Du mal d'autrui.
8. Mécontenter.	8. Ses maîtres.
9. Dénaturer.	9. La vérité.
10. Manquer.	10. A sa parole.
11. Contracter.	11. De mauvaises habitudes.
12. Perdre.	12. Patience.
13. Dénigrer.	13. Le prochain.
14. Mutiler.	14. Les livres.
15. Salir.	15. Ses habits.
16. Négliger.	16. Ses devoirs.
17. Remettre.	17. Au lendemain.
18. S'associer.	18. Avec les méchants.
19. Garder.	19. Ce qui ne nous appartient pas.
20. Se moquer.	20. Des misérables.
21. Critiquer.	21. Les défauts des autres.
22. Causer.	22. Du chagrin à ses parents.
23. Se vanter.	23. De ses bonnes qualités.
24. Oublier.	24. Les égards qu'on doit aux autres.
25. Dépenser.	25. Au delà de ses moyens.

Formes d'Exercices.

Complétez "il ne faut pas venir . . . . . ."
(Après avoir exercé le texte, les élèves trouveront d'autres compléments aux verbes.)

EXERCICE VIII.

Prépositions avec Complément indirect.

1. Le soleil.	1. Disparaît à l'horizon.
2. La terre.	2. Tourne autour du soleil
3. La lune.	3. Change d'aspect.
4. Le printemps.	4. Succède à l'hiver.
5. L'automne.	5. Vient après l'été.
6. Les peuples nomades.	6. Vivent sous des tentes.
7. Les soldats.	7. Marchent au combat.
8. Les enfants.	8. Obéissent à leurs parents.
9. Le laboureur.	9. Travaille dans les champs.
10. La sentinelle.	10. Veille dans sa guérite.
11. Le juge.	11. Va au tribunal.
12. Le prédicateur.	12. Monte dans la chaire.
13. Le maître.	13. Parle aux élèves.
14. Le médecin.	14. Prescrit au malade.
15. Le malade.	15. Entre à l'hôpital.
16. Le chien.	16. Aboie après les passants.
17. Le lièvre.	17. Court avec vitesse.
18. L'écureuil.	18. Grimpe sur les arbres.
19. Le serpent.	19. Rampe sur la terre.
20. L'oiseau.	20. Vole dans l'air.
21. Le poisson.	21. Nage dans l'eau.
22. Les émigrants.	22. Viennent en Amérique.
23. Le bateau.	23. Navigue sur la rivière.
24. La locomotive.	24. Marche par la vapeur.
25. Le sang.	25. Coule dans les veines.

Formes d'Exercices.

Complétez "le soleil . . . . ." par un verbe suivi d'un complément indirect.

EXERCICE IX.

Cris d'Animaux (Verbes et Substantifs).

1. Le chien.	1. Aboyer.	1. Un aboiement.
2. Le cheval.	2. Hennir.	2. Un hennissement.
3. La vache.	3. Mugir.	3. Un mugissement.
4. La brebis.	4. Bêler.	4. Un bêlement.
5. Le chat.	5. Miauler.	5. Un miaulement.
6. La chèvre.	6. Bêler.	6. Un bêlement.
7. Le cochon.	7. Grogner.	7. Un grognement.
8. La poule.	8. Glousser.	8. Un gloussement.
9. Le coq.	9. Chanter.	9. Un chant.
10. Le pigeon.	10. Roucouler.	10. Un roucoulement.
11. Le dindon.	11. Glouglouter.	11. Un glougloutement.
12. La mouche.	12. Bourdonner.	12. Un bourdonnement.
13. L'âne.	13. Braire.	13. Un braiment.
14. La grenouille.	14. Coasser.	14. Un coassement.
15. Le corbeau.	15. Croasser.	15. Un croassement.
16. Le moineau.	16. Pépier.	16. Un pépiement.
17. Les oiseaux.	17. Gazouiller.	17. Un gazouillement.
18. Le poulet.	18. Piauler.	18. Un piaulement.
19. Le loup.	19. Hurler.	19. Un hurlement.
20. Le lion.	20. Rugir.	20. Un rugissement.

Formes d'Exercices.

Que fait le chien ?   Le chien aboie.—N'entendez-vous pas aboyer ?   Si, j'entends le chien qui aboie.—Quel est le substantif que donne le verbe aboyer ?   Un aboiement.

EXERCICE X.

Ce qu'il Faut à Certaines Professions.

1. Le menuisier.	1. Des planches et des clous.
2. Le relieur.	2. Du carton et de la colle.

3. Le sculpteur.	3. De l'argile et du marbre.
4. L'écrivain.	4. De l'encre et une plume.
5. Le tailleur.	5. Du fil et des aiguilles.
6. Le brasseur.	6. De l'orge et du houblon.
7. Le médecin.	7. Des médicaments.
8. Le chirurgien.	8. Une éponge et de la charpie.
9. Le maçon.	9. Du sable et de la chaux.
10. La cuisinière.	10. Du poivre et du sel.
11. La domestique.	11. Un balai et un seau.
12. La blanchisseuse.	12. De l'eau chaude et du savon.
13. Le fabricant de papier.	13. Des chiffons.
14. Le chasseur.	14. De la poudre et du plomb.
15. L'instituteur.	15. De la craie et des cartes murales.
16. L'élève.	16. Une règle et un crayon.
17. Le boulanger.	17. De la farine.
18. Le dessinateur.	18. Du papier et de la gomme élastique.
19. Le charpentier.	19. Du bois de construction.
20. Le cordonnier.	20. Du cuir et de la .poix.
21. Le fabricant de bougies.	21. De la cire.
22. La brodeuse.	22. Du canevas et de la laine.
23. La repasseuse.	23. De l'empois et du charbon de terre.
24. Le marchand.	24. Des acheteurs.
25. Le pharmacien.	25. Des matières chimiques.

Formes d'Exercices.

Que faut-il au menuisier ? Au menuisier il faut des planches et des clous.

Ne faut-il rien au menuisier ? Si, il lui faut des planches et des clous.

De quoi le menuisier a-t-il besoin ? Il a besoin de planches et de clous.

Le menuisier vous a-t-il dit qu'il avait besoin de

quelque chose ?   Oui, il demande des planches et des clous.

EXERCICE XI.

Ce qu'on Fait dans Certaines Professions.

1. L'instituteur.	1. Instruire les enfants.
2. L'écolier.	2. Apprendre ses leçons.
3. Le soldat.	3. Défendre la patrie.
4. Le médecin.	4. Guérir les malades.
5. L'auteur.	5. Composer des ouvrages.
6. Le libraire.	6. Vendre des livres.
7. Le prêtre.	7. Faire un sermon.
8. L'organiste.	8. Jouer de l'orgue.
9. Le pâtre.	9. Garder les bestiaux.
10. L'avocat.	10. Plaider des causes.
11. Le juge.	11. Prononcer des sentences.
12. Le geôlier.	12. Garder les prisonniers.
13. Le bourreau.	13. Exécuter les condamnés.
14. L'imprimeur.	14. Imprimer les livres.
15. Le pharmacien.	15. Préparer des médicaments.
16. Le général.	16. Commander l'armée.
17. Le facteur.	17. Distribuer les lettres.
18. L'architecte.	18. Construire des maisons.
19. La bonne.	19. Soigner les enfants.
20. Le mendiant.	20. Demander l'aumône.
21. Le dentiste.	21. Arracher les dents.
22. Le maire.	22. Administrer la ville.
23. Le marchand.	23. Vendre des marchandises.
24. Le portier.	24. Garder la porte.
25. Le cocher.	25. Conduire la voiture.

Formes d'Exercices.

Que fait l'instituteur ?   Il instruit les enfants.

Quel est le devoir, ou, quel est l'office de l'instituteur ?
Le devoir, l'office de l'instituteur est d'instruire les enfants.

Dans les réponses, qu'il est bon de faire varier aux élèves, il s'agit d'employer un verbe avec un complément direct.

EXERCICE XII.

Professions et Outils.

1. L'écrivain.	1. Des plumes et des crayons.
2. Le peintre.	2. Une palette et des pinceaux.
3. Le chimiste.	3. Des bassins et des creusets.
4. Le sculpteur.	4. Un maillet et un ciseau.
5. Le dentiste.	5. Des pinces et des poinçons.
6. La couturière.	6. Un dé à coudre et des aiguilles.
7. La blanchisseuse.	7. Un réchaud et un fer à repasser.
8. Le maçon.	8. Une truelle et un marteau.
9. Le charpentier.	9. Une scie et une hache.
10. Le cordonnier.	10. Une alène et un tire-pied.
11. Le pâtissier.	11. Des moules et des rouleaux.
12. Le menuisier.	12. Des rabots et des vrilles.
13. Le bûcheron.	13. Une cognée et des coins.
14. Le boucher.	14. Un couperet et un tranchoir.
15. Le boulanger.	15. Un pétrin et un fourgon.
16. Le charcutier.	16. Un hachoir et des couteaux.
17. Le potier.	17. Un tour et des ébauchoirs.
18. Le ferblantier.	18. Des cisailles et un emporte-pièce.
19. Le forgeron.	19. Une enclume et des soufflets
20. L'horloger.	20. Des limes et des pincettes.
21. Le jardinier.	21. Une bêche et un rateau.
22. Le pêcheur.	22. Un filet et des hameçons.
23. Le barbier.	23. Un blaireau et des rasoirs.
24. Le tisserand.	24. Un métier et une navette.
25. Le mécanicien.	25. Un levier et des poulies.

Formes d'Exercices.

Quels outils faut-il à l'écrivain ?   Il lui faut des plumes et des crayons.

A qui faut-il des plumes ?   Il faut des plumes à l'écrivain, et il lui faut aussi des crayons.

Qui a besoin de crayons?   L'écrivain a besoin de crayons et de plumes.

EXERCICE XIII.

Ce que Certains Actes ont pour Objet.

1. Étudier.	1. Acquérir des connaissances.
2. Aller à l'église.	2. Prier Dieu.
3. Punir les enfants.	3. Les corriger.
4. Se mettre au lit.	4. Dormir.
5. Joindre les mains.	5. Faire la prière.
6. Voyager.	6. Voir du pays.
7. Manger.	7. Vivre.
8. Aller au manége.	8. Apprendre à monter à cheval.
9. Construire des ponts.	9. Traverser les cours d'eau.
10. Enfermer les criminels.	10. Les empêcher de mal faire.
11. Dessécher les marais.	11. Assainir le pays.
12. Arroser les plantes.	12. Les empêcher de se dessécher.
13. Fumer les champs.	13. Les rendre fertiles.
14. Ouvrir les fenêtres.	14. Aérer les appartements.
15. Acheter du papier.	15. Pouvoir écrire.
16. Pressurer les raisins.	16. Faire du vin.
17. Prendre médecine.	17. Prévenir ou arrêter la maladie.
18. Relier les livres.	18. Mieux les conserver.
19. Remonter les pendules.	19. Pour qu'elles ne s'arrêtent pas.

20. Lire les journaux.
21. Nettoyer les dents.

22. Repasser les couteaux.

23. Doubler les habits.
24. Prendre des bains.
25. Éviter des courants d'air.

20. Apprendre les nouvelles.
21. Les tenir propres et les conserver.

22. Pour qu'ils coupent mieux.

23. Les rendre plus chauds.
24. Se laver et se rafraîchir.
25. Ne pas attraper froid.

Formes d'Exercices.

Pourquoi est-ce qu'on étudie ?   On étudie pour acquérir des connaissances.

Que fait-on pour acquérir des connaissances ?   Pour acquérir des connaissances on étudie.

N'étudiez-vous pas ?   Si, c'est seulement en étudiant qu'on acquiert des connaissances.

N'allez-vous pas à l'église ?   Si, je vais à l'église pour prier Dieu.

EXERCICE XIV.

Noms à Expliquer.

1. Un cheval de selle.

2. Une bête de somme.

3. Un squelette.

4. La plante du pied.

5. La paume de la main.

6. L'orteil.
7. Le doigt auriculaire.
8. Une tête chauve.

1. Un cheval propre a être monté.

2. Un animal propre à porter des fardeaux.

3. La charpente osseuse du corps.

4. La partie inférieure du pied.

5. Le dedans de la main entre le poignet et les doigts.

6. Le gros doigt du pied.
7. Le petit doigt.
8. Une tête dépourvue de cheveux.

9. La batterie de cuisine.

9. Les ustensiles qui servent à la cuisine.

10. Un amphibie.

10. Un animal qui vit sur la terre et dans l'eau.

11. Du cidre.

11. Une boisson faite avec du jus de pomme.

12. Du gibier.

12. Des animaux bons à manger qu'on prend à la chasse.

13. Une écurie.

13. Le lieu destiné à loger les chevaux.

14. Une étable.

14. Le lieu où l'on met les bestiaux.

15. Une serre.

15. Un lieu clos et couvert où l'on renferme certaines plantes en hiver.

16. Une impasse.

16. Une petite rue sans issue.

17. Un cellier.

17. L'endroit d'une maison où l'on serre le vin ou d'autres provisions.

18. Les dents de lait.

18. Les premières dents qui viennent aux enfants.

19. Un essaim.

19. Une troupe d'abeilles sorties de la même ruche.

20. Une école.

20. Un établissement où se donne l'enseignement élémentaire.

21. Un collège.

21. Un établissement d'instruction publique et secondaire.

22. Un hôpital.

22. Un établissement public où l'on soigne les malades.

23. Une écritoire.

23. Un petit meuble portatif où l'on met tout ce qu'il faut pour écrire.

24. Un laboratoire.

24. Un local destiné aux expériences de chimie.

25. Une girouette.

25. Une pièce légère et mobile de tôle ou de fer-blanc qu'on place sur le haut des maisons pour indiquer la direction du vent.

Formes d'Exercices.

Qu'est-ce qu'un cheval de selle ? C'est un cheval propre à être monté.

Comment appelle-t-on un cheval propre à être monté ? On l'appelle cheval de selle.

EXERCICE XV.

Qualificatifs à Expliquer.

1. Un homme véridique.

1. Un homme qui dit habituellement la vérité.

2. Un homme inconsolable.

2. Un homme qu'on ne peut consoler.

3. Un grand homme.

3. Un homme d'un grand mérite moral.

4. Un homme grand.

4. Un homme d'une haute taille.

5. Un homme pauvre.

5. Un homme qui n'a point de fortune.

6. Un pauvre homme.

6. Un homme qui inspire du mépris ou de la compassion.

7. Un enfant mineur.

7. Un enfant qui n'a pas atteint l'âge de majorité.

8. Un témoin oculaire.

8. Un témoin qui a vu de ses propres yeux ce dont il dépose.

9. Une œuvre posthume.

9. Une œuvre publiée après la mort de l'auteur.

10. Un peuple civilisé.	10. Un peuple dont les mœurs sont polies.
11. Un peuple barbare.	11. Un peuple dont les mœurs sont grossières.
12. Un peuple nomade.	12. Un peuple qui n'a point d'habitations fixes.
13. Un animal carnassier.	13. Un animal qui se nourrit de chair.
14. Un animal herbivore.	14. Un animal qui se nourrit d'herbe.
15. Des oiseaux voyageurs.	15. Des oiseaux qui changent de pays.
16. Une plante aquatique.	16. Une plante qui croît dans l'eau.
17. Une plante vénéneuse.	17. Une plante qui contient du poison.
18. Une plante indigène.	18. Une plante qui croît dans le pays.
19. Une plante exotique.	19. Une plante étrangère au pays.
20. Un climat tempéré.	20. Un climat où il ne fait ni trop chaud ni trop froid.
21. Un arbre fruitier.	21. Un arbre qui porte des fruits.
22. Un aliment indigeste.	22. Un aliment difficile à digérer.
23. Un journal hebdomadaire.	23. Un journal qui paraît toutes les semaines.
24. Un journal quotidien.	24. Un journal qui paraît tous les jours.
25. Une feuille mensuelle.	25. Une feuille qui paraît une fois par mois.

Formes d'Exercices.

Qu'est-ce qu'un homme véridique ?   C'est un homme qui dit habituellement la vérité.

Cet homme dit-il la vérité ?   Oui, il la dit toujours, c'est un homme véridique.

Avez-vous consolé cet homme ? Non, on ne peut pas
le consoler, il est inconsolable.

EXERCICE XVI. .

Noms à Expliquer.

1. Le gendre.	1. Le mari de la fille.
2. La bru.	2. La femme du fils.
3. Le beau-père.	3. Le père du mari ou de la femme.
4. La belle-sœur.	4. La sœur du mari ou de la femme.
5. Le parrain.	5. Celui qui tient un enfant sur les fonts de baptême.
6. Le filleul.	6. L'enfant qu'on a tenu sur les fonts.
7. Le nourrisson.	7. Un enfant en nourrice.
8. Le frère utérin.	8. Le frère né de la même mère, mais non du même père.
9. Un jumeau.	9. Un enfant né de la même mère en même temps qu'un autre.
10. Une pupille.	10. Un enfant placé sous la conduite d'un tuteur.
11. Un créancier.	11. Celui à qui l'on doit de l'argent.
12. Un locataire.	12 Celui qui occupe une maison en payant un loyer.
13. Un misanthrope.	13. Un homme qui hait ses semblables.
14. Un myope.	14. Un homme qui a la vue courte.
15. Un octogénaire.	15. Un homme âgé de quatre-vingts ans.
16. Un orphelin.	16. Un enfant qui a perdu son père et sa mère.
17. Un athée.	17. Un homme qui ne croit pas à l'existence de Dieu.
18. Un geôlier.	18. Un gardien de prison.
19. Un gaucher.	19. Un homme qui a l'habitude de se servir de la main gauche.

20. Un colporteur.	20. Un marchand ambulant qui porte lui-même ses marchandises.
21. Un montagnard.	21. Un homme qui habite la montagne.
22. Un rentier.	22. Un homme qui vit de ses rentes
23. Un faussaire.	23. Un homme qui commet des faux.
24. Un nain.	24. Un homme d'une très petite taille.
25. Un compatriote.	25. Un homme du même pays.

Formes d'Exercices.

Qu'est-ce que le gendre ?   Le gendre est le mari de la fille.

Comment appelle-t-on le mari de la fille ?   On l'appelle gendre.

(Faites toujours donner les deux genres des mots qui en ont de forme différente comme beau-père, belle-mère, beau-frère, belle-sœur, etc.)

EXERCICE XVII.

Noms à Expliquer.

1. La chambre à coucher.	1. La chambre où l'on dort.
2. Le grenier.	2. La partie d'une maison sous le toit où l'on garde le grain, les fourrages.
3. La buanderie.	3. Le lieu où l'on fait la lessive.
4. La grange.	4. Le bâtiment destiné au logement des gerbes et au battage des grains.
5. Le rez-de-chaussée.	5. La partie de la maison au niveau du sol.
6. Le presbytère.	6. La maison du curé.

7. Le séminaire.	7. Un établissement pour former des ecclésiastiques.
8. La caserne.	8. Un bâtiment destiné au logement des soldats.
9. L'arsenal.	9. Un lieu où l'on garde des armes et des munitions de guerre.
10. L'alcôve.	10. Un enfoncement pratiqué dans un chambre pour y placer un lit.
11. Le reverbère.	11. Une lanterne de verre qui sert à éclairer les rues pendant la nuit.
12. L'avant-garde.	12. La partie de l'armée qui marche la première.
13. Le fanal.	13. Une grosse lanterne dont on se sert sur les vaisseaux.
14. Le bail.	14. Un contrat par lequel on loue une chose à un prix convenu et pour un temps déterminé.
15. Un acompte.	15. Un paiement partiel sur une somme due.
16. Une mansarde.	16. Un logement qui prend jour au-dessus du toit.
17. La gouttière.	17. Un petit canal qui reçoit les eaux de pluie qui tombent du toit.
18. Le garde-manger.	18. Le lieu où l'on serre les aliments.
19. Les étrennes.	19. Les cadeaux que l'on fait au jour de l'an.
20. Le dortoir.	20. Une grande salle commune où se trouvent plusieurs lits.
21. Le perron.	21. Un escalier extérieur et découvert.

22. La veilleuse.	22. Une petite lampe qu'on laisse brûler la nuit dans une chambre à coucher.
23. Le trimestre.	23. Un espace de trois mois.
24. Le prénom.	24. Le nom de baptême.
25. Le verglas.	25. Une mince couche de glace qui se forme quelquefois à la surface de la terre en hiver.

Formes d'Exercices.

Qu'est-ce qu'une chambre à coucher ?   C'est une chambre où l'on dort.

Comment appelle-t-on la chambre où l'on dort ?   On l'appelle chambre à coucher.

EXERCICE XVIII.

Phrases à Faire au Moyen d'un Mot Donné.

L'exercice suivant consiste à ajouter aux noms un verbe avec un complément direct.

1. L'instituteur.	1. Enseigner la lecture.
2. L'école.	2. Renfermer des élèves.
3. Les tableaux.	3. Orner les appartements.
4. Les glaces.	4. Réfléter les objets.
5. Les livres.	5. Instruire les lecteurs.
6. Le chapeau.	6. Recouvrir la tête.
7. Les gants.	7. Protéger la main.
8. Le travail.	8. Fortifier le corps.
9. L'écolier.	9. Etudier l'histoire.
10. Le libraire.	10. Vendre des livres.
11. Le banquier.	11. Payer des traites.
12. La couturière.	12. Faire des robes.

13. L'étude.	13. Développer l'esprit.
14. L'éducation.	14. Former le caractère.
15. Le chien.	15. Garder la maison.
16. Le cheval.	16. Traîner des voitures.
17. La poule.	17. Couver les œufs.
18. Le poisson.	18. Manger des vers.
19. Le bœuf.	19. Tracer des sillons.
20. Le fleuve.	20. Charrier des navires.
21. Le médecin.	21. Ecrire une ordonnance.
22. Le dentiste.	22. Arracher des dents.
23. Les enfants.	23. Aimer les jeux.
24. Les vieillards.	24. Chercher le repos.
25. Tout le monde.	25. Admirer la vertu.

Cet exercice peut être varié en donnant le verbe aux élèves et leur faisant trouver le sujet et le complément, ou en leur faisant ajouter un complément direct composé, comme par exemple : L'instituteur enseigne la lecture et l'écriture.

Il est bon d'ailleurs d'habituer les élèves aussitôt que possible à penser eux-mêmes et de les exercer à faire des questions et des réponses différentes de celles du texte.

EXERCICE XIX.

Phrases à Faire au Moyen d'un Mot donné :

Dans l'exercice suivant ajoutez un verbe avec un complément indirect :

1. Les élèves.	1. Sortir de la salle.
2. Le maître.	2. Passer par le corridor.
3. Le concierge.	3. Frapper à la porte.
4. La vieille dame.	4. S'asseoir dans le fauteuil.
5. Le petit garçon.	5. Se cacher sous la table.
6. Les enfants.	6. Courir dans la rue.
7. La servante.	7. Répondre à sa maîtresse.
8. Le feu.	8. S'éteindre dans la cheminée.

9. Le sang.	9. Couler dans les veines.
10. Le chien.	10. Aboyer contre les étrangers.
11. Le ver.	11. Ramper dans la poussière.
12. L'oiseau.	12. Voler dans l'air.
13. La souris.	13. S'enfuir devant le chat.
14. Les poussins.	14. Sauter autour de leur mère.
15. Le bateau.	15. Naviguer sur la rivière.
16. Le soleil.	16. Disparaître à l'horizon.
17. La terre.	17. Tourner autour du soleil.
18. Le printemps.	18. Succéder à l'hiver.
19. Le berger.	19. Veiller sur son troupeau.
20. Le laboureur.	20. Travailler dans les champs.
21. Le prédicateur.	21. Monter dans la chaire.
22. Le maçon.	22. Descendre de l'échelle.
23. Le soldat.	23. Se jeter dans la mêlée.
24. Le malfaiteur.	24. Trembler devant le juge.
25. Le bon fils.	25. Obéir à son père.

Comme exercice on peut faire varier les temps des verbes.

EXERCICE XX.

Phrases à Faire au Moyen d'un Mot donné :

Dans l'exercice suivant ajoutez un verbe avec un complément direct et un complément indirect.

1. Dieu.	1. Gouverner le monde avec sagesse.
2. L'homme patient.	2. Supporter les maux avec résignation.
3. L'homme prudent.	3. Ne rien faire sans réfléchir.
4. L'homme exact.	4. Accomplir son travail avec ponctualité.
5. L'homme sobre.	5. Ne commettre aucun excès de boisson.

6. L'homme actif.	6. Poursuivre son but avec ardeur.
7. L'homme poli.	7. Traiter tout le monde d'une façon convenable.
8. L'homme discret.	8. Garder sa langue de toute intempérance.
9. L'homme sincère.	9. Dire son opinion sans arrière-pensée.
10. L'homme modeste.	10. Ne rien dire pour se faire valoir.
11. L'homme reconnaissant.	11. Garder le souvenir des services rendus.
12. L'honnête homme.	12. Remplir ses engagements avec scrupule.
13. Le bon élève.	13. Ecouter le maître avec attention.
14. Le bon maître.	14. Témoigner de l'intérêt à tous ses élèves.
15. Le menteur.	15. Dire des choses fausses par calcul ou par malice.
16. L'orguéilleux.	16. Traiter les autres avec insolence.
17. Le paresseux.	17. Perdre son temps à ne rien faire.
18. L'homme négligent.	18. Ne point donner de soins à ses affaires.
19. L'ingrat.	19. N'avoir pas de reconnaissance pour le bienfait.
20. L'envieux.	20. Voir avec chagrin le bonheur d'autrui.
21. L'avare.	21 Amasser les richesses avec avidité.
22. Le prodigue.	22. Dépenser sa fortune avec insouciance.
23. L'homme cruel.	23. Ne point avoir de pitié pour les autres.

24. Le trompeur.	24. Ne point régler ses actions par la justice.
25. Le gourmand.	25. Prendre de la nourriture avec excès.

On peut varier cet exercice en changeant les phrases affirmatives en négatives, et vice versâ.

LOCUTIONS PROVERBIALES ET IDIOMATIQUES.

Les cinq exercices suivants se composent de locutions proverbiales et idiomatiques à expliquer, ou à trouver au moyen de la définition.

I.

Parties du Corps.

1. Echauffer la bile à quelqu'un.
1. Mettre quelqu'un en colère.

2. Garder pour la bonne bouche.
2. Garder pour la fin quelque chose de bon.

3. Faire la petite bouche.
3. Faire le difficile, le dégoûté.

4. Faire venir l'eau à la bouche.
4. Donner le désir d'avoir une certaine chose, donner une envie.

5. Demeurer les bras croisés.
5. Rester sans rien faire.

6. Faire dresser les cheveux.
6. Faire horreur.

7. Avoir une dent contre quelqu'un.
7. Etre irrité contre quelqu'un, lui en vouloir.

8. Etre sur les dents.
8. Etre exténué de fatigue, épuisé de souffrance.

9. Avoir de l'esprit jusqu'au bout des doigts.
9. Avoir énormément d'esprit.

10. Tourner le dos à quelqu'un.
10. Quitter quelqu'un, ne pas avoir d'égards pour lui.

11. Avoir quelqu'un sur le dos.
11. Etre importuné par quelqu'un, le supporter avec déplaisir.

12. Faire bonne figure.

12. Avoir bonne contenance, bien représenter.

13. Demander une chose à deux genoux.

13. Demander une chose instamment, avec ferveur.

14. Avoir la langue bien pendue.

14. Parler avec facilité.

15. Jeter sa langue aux chiens.

15. Renoncer à deviner quelque chose.

16. La langue lui a fourché.

16. Il a dit un mot pour un autre.

17. En venir aux mains.

17. Se battre.

18. Forcer la main à quelqu'un.

18. Faire faire à quelqu'un quelque chose malgré lui.

19. Avoir la main heureuse.

19. Réussir ordinairement dans ce qu'on entreprend.

20. N'y pas aller de main morte.

20. Frapper rudement, ou employer des expressions fortes.

21. Prêter les mains à quelque chose.

21. Consentir à quelque chose, l'approuver.

22. Se casser le nez.

22. Echouer, ne pas réussir.

23. Avoir sur les ongles.

23. Etre réprimandé comme on le mérite.

24. Avoir l'oreille basse.

24. Etre humilié.

25. Avoir l'oreille dure.

25. Entendre difficilement.

Il sera bon de faire faire des phrases explicatives aux élèves pour s'assurer qu'ils comprennent bien.

II.

Parties du Corps.

1. Avoir de l'oreille.

1. Sentir la musique.

2. Prendre une chose à cœur.

2. S'y intéresser vivement.

3. Avoir le cœur gros.

3. Etre bien affligé.

4. Porter quelqu'un dans son cœur.

4. L'aimer beaucoup.

5. Fendre le cœur.

5. Causer un grand chagrin.

6. Loin des yeux, loin du cœur.

6. On oublie facilement les absents.

7. S'en donner à cœur joie.

7. Prendre du plaisir autant qu'on peut.

8. Etre sur pied.

8. Etre debout, bien portant.

9. Etre sur un bon pied.

9. Etre dans une position avantageuse.

10. Etre sur un grand pied.

10. Etre un personnage considérable, faire grande dépense.

11. Ne savoir sur quel pied danser.

11. Ne savoir que faire, quel parti prendre.

12. N'avoir ni pieds ni tête.

12. Etre en dépit du bon sens, inintelligible.

13. Ne pas se fouler la rate.

13. Travailler mollement.

14. Manger sur le pouce.

14. Manger à la hâte, sans s'asseoir.

15. Froncer le sourcil.

15. Prendre un air sévère, marquer le mécontentement.

16. Se casser la tête.

16. S'appliquer fortement.

17. Avoir la tête près du bonnet.

17. Etre prompt à se fâcher.

18. Crier à tue-tête.

18. Crier de toutes ses forces.

19. Avoir la vue basse.

19. Ne voir que de près.

20. Faire main basse sur quelque chose.

20. S'en emparer.

21. Donner dans l'œil.

21. Plaire, séduire.

22. Ouvrir de grands yeux.

22. Etre très étonné.

23. Avoir des yeux de lynx.

23. Avoir la vue perçante, voir de loin.

24. Jeter de la poudre aux yeux.

24. Eblouir par de fausses apparences.

25. Parler entre les dents.

25. Parler indistinctement.

III.

Locutions Tirées de la Nature Physique.

1. Rompre la glace.
1. Faire les premiers pas dans une affaire difficile.

2. Souffler le chaud et le froid.
2. Passer d'un avis à un avis contraire.

3. Jeter le manche après la cognée.
3. Renoncer à tout.

4. Etre sur des épines.
4. Etre dans une grande inquiétude.

5. Geler à pierre fendre.
5. Geler très fort.

6. Manger son blé en herbe.
6. Dépenser son revenu d'avance.

7. Brûler la chandelle par les deux bouts.
7. Faire des dépenses ruineuses.

8. Faire un faux pas.
8. Glisser, perdre l'équilibre.

9. Tomber des nues.
9. Paraître fort étonné.

10. Tomber de Charybde en Scylla.
10. Tomber d'un mal dans un autre.

11. Faire la mouche du coche.
11. Faire l'empressé, le nécessaire.

12. Son étoile pâlit.
12. Son influence baisse, son crédit diminue.

13. Parler comme un perroquet.
13. Sans comprendre ce qu'on dit.

14. Remuer ciel et terre.
14. Faire tous ses efforts.

15. Dorer la pilule.
15. Rendre par de belles paroles un refus moins amer.

16. Point de roses sans épines.
16. Point de plaisir sans peine.

17. Nager entre deux eaux.
17. Ménager deux partis.

18. Faire la pluie et le beau temps.
18. Avoir beaucoup de pouvoir.

19. Mettre quelqu'un au pied du mur.
19. L'embarrasser, le réduire au silence.

20. Avoir plus d'une corde à son arc. — 20. Avoir plus d'un moyen pour réussir.
21. Faire d'une pierre deux coups. — 21. Faire double profit, s'assurer de deux avantages à la fois.
22. Prendre la balle au bond. — 22. Profiter de l'occasion.
23. Le jeu ne vant pas la chandelle. — 23. D'une chose qui ne mérite pas la peine qu'on se donne.
24. N'y voir que du feu. — 24. Ne pouvoir rien distinguer.
25. Voler de ses propres ailes. — 25. Agir sans le secours d'autrui.

IV.

Locutions Tirées de la Nature Morale.

1. Brûler la politesse à quelqu'un. — 1. Le quitter brusquement.
2. A chaque jour suffit sa peine. — 2. Il ne faut pas se tourmenter d'avance.
3. Les injures s'écrivent sur l'airain, les bienfaits sur le sable. — 3. On se souvient du mal et l'on oublie le bien.
4. Noblesse oblige. — 4. Quiconque prétend être noble doit se conduire noblement.
5. C'est un abîme de science. — 5. C'est un homme excessivement savant.
6. Etre à bout de patience. — 6. Ne plus en avoir.
7. Avoir le feu sacré. — 7. Avoir de l'enthousiasme dans ce qu'on fait.
8. Avoir l'imagination frappée. — 8. Avoir des craintes, des idées sinistres.
9. Etre à bonne école. — 9. Etre avec des gens expérimentés.

10. Avoir l'esprit juste.	10. Bien apprécier les choses.
11. Entreprendre quelque chose à la légère.	11. Entreprendre quelque chose sans réflexion.
12. Perdre son latin.	12. Perdre son temps et sa peine.
13. Faire contre mauvaise fortune bon cœur.	13. Bien supporter un revers.
14. Se creuser le cerveau.	14. Méditer profondément.
15. Rompre le charme.	15. Détruire l'illusion.
16. Parler à cœur unvert.	16. Parler avec franchise.
17. Jouer la comédie.	17. Affecter des sentiments qu'on n'a pas.
18. La main sur la conscience.	18. En toute sincérité.
19. Etre de bon conseil.	19. Etre judicieux.
20. Etre fils de ses œuvres.	20. Ne devoir sa fortune qu'à soi-même.
21. Savoir quelque chose à fond.	21. Savoir parfaitement.
22. Faire amende honorable.	22. Rétracter une erreur.
23. Faire quelque chose de bonne grâce.	23. Le faire volontiers, sans être forcé.
24. Fais ce que dois, advienne que pourra.	24. Rien ne doit nous empêcher de faire notre devoir.
25. En toute chose il faut considérer la fin.	25. Il ne faut pas s'engager dans une affaire sans en connaître l'issue.

V.

Locutions Diverses.

1. Renvoyer quelqu'un aux calendes grecques.	1. Renvoyer quelqu'un à un temps qui ne viendra jamais.

2. Brûler ses vaisseaux.

2. S'engager dans une affaire tellement qu'il soit impossible de reculer.

3. Faire l'école buissonnière.

3. Se promener au lieu d'aller à l'école.

4. Faire un pas de clerc.

4. Se tromper par ignorance dans une affaire.

5. Etre né coiffé.

5. Avoir de la chance.

6. Demeurer court.

6. Oublier ce qu'on voulait dire.

7. Les bons comptes font les bons amis.

7. Entre amis il faut éviter les questions d'intérêt.

8. La fin couronne l'œuvre.

8. Il ne suffit pas de bien commencer, il faut bien finir.

9. Tout ce qui reluit n'est pas or.

9. La réalité ne répond pas toujours à l'apparence.

10. Prendre en flagrant délit.

10. Prendre sur le fait.

11. Faire le diable à quatre.

11. Faire du vacarme.

12. Prendre quelqu'un en grippe.

12. Avoir de mauvaises dispositions pour quelqu'un.

13. Faire des façons.

13. Faire des politesses affectées.

14. Etre hors de soi.

14. Etre fortement agité.

15. Vivre en bonne intelligence.

15. Vivre très unis.

16. Faire des brioches.

16. Faire des sottises.

17. Donner carte blanche.

17. Donner plein pouvoir.

18. Faire des châteaux en Espagne.

18. Faire des projets en l'air.

19. Faire des cuirs.

19. Faire des fautes de langue.

20. Donner dans le panneau.

20. Se laisser duper.

21. Chercher midi à quatorze heures.

21. Chercher une chose où elle n'est pas.

22. Vivre au jour le jour.

22. Vivre dans le présent sans se mettre en peine de l'avenir.

23. Dormir la grasse matinée. 23. Se lever tard.

24. Faire fiasco. 24. Echouer complètement dans une enterprise.

25. Le mieux est l'ennemi du bien. 25. On risque de mal faire en voulant faire trop bien.

CENT PROVERBES ET DICTONS.

1. De l'Homme Moral.

1. Sur le corps l'âme doit être dame.
2. Vouloir c'est pouvoir.
3. Les affaires avant les plaisirs.
4. Contentement passe richesse.
5. Nul plaisir sans peine.
6. Rira bien qui rira le dernier.
7. Dans le doute abstiens-toi.
8. De tristesse nul fruit.
9. De trop d'espoir désespoir.
10. Une conscience pure est un bon oreiller.

---

2. De l'Homme Intellectuel.

1. Tout passe fors le mérite.
2. Par savoir vient avoir.
3. Connais toi toi-même.
4. En se trompant on apprend.
5. Il y a plus de fous que de sages.
6. Où n'est raison y a confusion.
7. On donne les offices, mais non la sagesse.
8. Les plus courtes folies sont les meilleures.
9. Le sage se mêle de ses affaires.
10. La lettre tue et l'esprit vivifie.

3. De l'Homme Physique.

1. Tous les goûts sont dans la nature.
2. Beauté ne vaut rien sans bonté.
3. Il ne faut pas clocher devant les boiteux.
4. Le grand doit le petit aider.
5. Aux pays des aveugles le borgne est roi.
6. Il n'est point de pire sourd que celui qui ne veut point entendre.
7. Force n'est pas droit.
8. L'union fait la force.
9. Il n'y a que le premier pas qui coûte.
10. Pas à pas on va loin dans un jour.

---

4. Des Qualités.

1. La patience vient à bout de tout.
2. Plus fait douceur que violence.
3. Expérience est mère de science.
4. L'habitude est une seconde nature.
5. Oisiveté est mère de tous les vices.
6. Ce que force ne peut l'industrie le surmonte.
7. Qui est propre à tout n'est propre à rien.
8. On ne peut devenir habile à ne rien faire.
9. Qui hante les méchants périra avec eux.
10. Rien ne gagne tant les cœurs que la bonté.

---

5. Les Paroles.

1. Les paroles sont la clef du cœur.
2. Les écrits restent, les paroles volent.
3. Toutes les vérités ne sont pas bonnes à dire.
4. Entends le premier, parle le dernier.
5. Ne dis pas tout ce que tu sais et penses.
6. Trop gratter cuit, trop parler nuit.

7. Qui s'excuse s'accuse.
8. Qui promet à la hâte se repent à loisir.
9. Chose promise, chose due.
10. Le silence vaut une réponse.

---

6. Des Vêtements.

1. L'habit ne fait pas le moine.
2. Mieux vaut être que paraître.
3. La nuit tout bonnet est bon.
4. Le même chapeau ne sied pas à toutes les têtes.
5. Un point fait à temps en épargne neuf.
6. Quand il fait beau prends ton manteau.
7. Au bout de l'aune faut le drap.
8. Chacun voit à travers ses lunettes.
9. Chacun sait le mieux où le soulier le blesse.
10. Le plus riche n'emporte qu'un linceul.

---

7. Le Travail.

1. Le travail est l'assaisonnement du plaisir.
2. Il faut bien faire et laisser dire.
3. Qui aime labeur parvient à honneur.
4. Il n'est point de petites affaires.
5. Comme tu sèmeras, tu moissonneras.
6. Il faut être enclume ou marteau.
7. Le fardeau qu'on aime ne pèse pas.
8. En toute chose il faut considérer la **fin.**
9. A chacun selon ses œuvres.
10. A besogne faite joyeux repos.

---

8. L Argent

1. Pauvreté n'est pas vice.
2. Peu de bien, peu de souci.

3. Qui paie ses dettes s'enrichit.
4. Les bons comptes font les bons amis.
5. On n'a rien pour rien.
6. Sou pour sou on amasse un franc.
7. Suffisance fait richesse.
8. Bien mal acquis ne profite pas.
9. Tout ce qui reluit n'est pas or.
10. L'argent est un bon serviteur et un mauvais maître.

---

9. La Destinée.

1. En ce monde il n'y a qu'heur et malheur.
2. Contre mauvaise fortune bon cœur.
3. Le mieux est l'ennemi du bien.
4. Il faut saisir l'occasion par les cheveux.
5. Qui ne risque rien n'a rien.
6. Deux sûretés valent mieux qu'une.
7. Un malheur ne vient jamais seul.
8. A quelque chose malheur est bon.
9. Souvent la peur du mal nous conduit dans un pire.
10. Il faut faire de nécessité vertu.

---

10. Le Temps.

1. A bien faire le temps passe vite.
2. Une hirondelle ne fait pas le printemps.
3. Mieux vaut tard que jamais.
4. Le temps et la marée n'attendent personne.
5. Les jours se suivent et ne se ressemblent pas.
6. A chaque jour suffit sa peine.
7. La nuit porte conseil.
8. Il faut prendre le temps comme il vient et les hommes comme ils sont.
9. Autres temps, autres soins.
10. Il faut savoir s'arrêter à temps.